Vanessa Gerbeth

Lektion Leben

story.one – Life is a story

story.one

1st edition 2023

Production, design and conception:
story.one publishing - www.story.one
A brand of Storylution GmbH

Font set from Minion Pro, Lato and Merriweather.

ISBN: 978-3-7108-9399-5

An meine Community und alle, die noch Teil davon werden

So und da bin ich jetzt und verwirkliche einen kleinen Kindheitstraum von mir. Mein erstes eigenes Buch ist nun erhältlich und ich bin stolz wie Bolle. Bitte lasst mich daran teilhaben, wenn ihr euch das Buch holt, markiert mich überall! (Vaneschko_)

Nun zu dem Buch: Mir ist wichtig, dass ihr den kreativen Rahmen erkennt. Wer mich persönlich, oder durch Social Media kennt, den bitte ich meine Kunst von meiner Person zu trennen. Hier und da kann es zu Überschneidungen kommen, das ist rein zufällig. Lasst euch von den Geschichten inspirieren und hört niemals auf das Positive aus jeder Situation zu ziehen.

Hab euch lieb <3

INHALT

"Auch der weiteste Weg beginnt mit dem ersten Schritt" - Konfuzius

Zitronenfalter und Käse-Makkaroni

„Was ist daaas?", rief sie ohne Hemmungen und hüpfte dem Zitronenfalter hinterher. Damals hatte sie schon viele Tiere beim Spielen entdeckt, aber ein Schmetterling dieser Farbe war für sie etwas völlig Neues. Ein neuer Eindruck und damit ein neues Gefühl, das sie ihm zuordnen konnte. Eine neue Erinnerung, die sie speicherte und ihrem zukünftigen Ich schenkte. Ihre Dankbarkeit für diesen Augenblick konnte sie in diesem Alter noch nicht ausdrücken und doch strotzte sie vor Wertschätzung und Liebe. Sie konnte nicht glücklicher sein. Die Flügel des Zitronenfalters schwangen elegant und ließen ihn schwerelos wirken. Sie hüpfte in Kreisen und hielt die Hände offen, um ihn greifen zu können. Sie erwischte ihn nicht und doch war sie keinesfalls enttäuscht. So hatte sie die Möglichkeit, ihm folgen zu können und dabei seine unerreichbare Schönheit zu betrachten. Er flog und flog, aber schließlich blieb sie stehen und ließ ihn weiterziehen. Sie lächelte und wünschte ihm eine gute Reise, wo auch immer es für ihn hinginge. Eine frische Brise wehte durch ihr Haar und es war noch lange nicht Zeit nach Hause zu gehen. Ein kurzer Moment war notwendig, um Inne zu halten. Um das nächste Abenteuer zu beginnen. Um neue Eindrücke zu speichern. Die Frühlingssonne strahlte damals in ihr junges Gesicht und zog einen Film von Wärme über ihre Wange. Sie tollte unbekümmert durch das Gras. Ohne einen Gedanken an jegliche Sorgen. Sorgen, die in diesem Alter zwar schon existieren, aber gezielt warteten, um später auf sie einzustürzen. Doch in diesem Moment war das Leben sorglos und unbeschwert und mit Sonnenstrahlen gefüllt. Das Gras war noch etwas feucht, denn es hatte geregnet über den Tag. Doch das hielt sie nicht davon ab sich mit ihrem gesamten Körper in die Wiese zu legen. Ihre Mutter rief, dass das Essen fertig wäre, aber natürlich war dafür keine Zeit. „Noch fünf Minuten“, rief sie enttäuscht ohne ein Bewusstsein für Zeit. Es war egal. Alles war egal. Sie fühlte nichts als Glück. Natürlich wurden es mehr als fünf Minuten. Nach einer langen Diskussion, dass Cornflakes kein richtiges Mittagessen seien, merkte sie, dass sie keine Chance hatte. Ihre Mutter stellte ihr komisches Essen vor die Nase. Das wurde sofort abgelehnt. Schmeckt das? Ist das gut? Es ist gefährlich. Nein! Oder doch? Sie öffnete skeptisch den Mund und nahm einen Löffel von den Käse-Makkaroni. Zum ersten Mal. Es schmeckte … fantastisch! Es würde seit diesem Tag zu ihrem Lieblingsessen werden. Das Müsli war vergessen. Dieser neue Eindruck war mit stärkeren Emotionen gefüllt. Es löste so viel gleichzeitig aus. Das wird für immer so bleiben, oder? Diese Freude wird das Leben so viel einfacher und bunter machen, oder? Die größte Herausforderung wird für immer sein, welche Farbe ihre Schnürsenkel heute haben werden, oder wie viele Purzelbäume sie kann. Es wird für immer so einfach bleiben, oder? Doch diese Gedanken existierten in ihrem Kosmos noch nicht, weil es für sie so selbstverständlich war, dass die Welt bunt ist. Das ist sie immer noch. Nur sind die Momente von Zitronenfaltern und Käse-Makkaroni willkürlicher geworden. Es wird nur schwieriger den Momenten ihre Bedeutung zu geben und das Leben mit eigenen Sonnenstrahlen zu füllen.

"Einen großen Vorsprung im Leben hat, wer da schon handelt, wo andere noch reden"
- John F. Kennedy

Limetten des Lebens

Genau dann, wenn ich es schaffte den Wecker nicht ständig wegzudrücken und ich das gleichmäßige Gezwitscher der Vögel hörte und mir die Sonne ins Gesicht strahlte; genau dann war Frühlingsanfang. Und somit waren wir einen Tag näher am Sommer. 9:00 Uhr morgens und die Sonne strahlte mir ein freundliches „Guten Morgen“ ins Gesicht. Ich öffnete die Fenster. Es war noch sehr kalt draußen, doch sobald die Sonne schien, war das für mich das Startsignal für den Nur-Hoodie-keine-Jacke-Look. Ist dir nicht kalt? Ja. Arschkalt. Für morgen war zwar Schneefall angesagt, aber ich hatte mir vorgenommen im Hier und Jetzt zu leben und die Ferien zu genießen. Und was war hier und jetzt? Sonne und frische Luft. Und das genoss ich in vollen Zügen. Ich schnappte mir meine Kopfhörer, stellte „Teenage Dream“ von Katy Perry auf volle Lautstärke und tanzte in Richtung Küche. „Was ist denn mit dir los?“, las ich an den Lippen meiner Mutter ab, als ich an ihr vorbeiwirbelte. „-And don't ever look back, don't ever look back“, sang ich unbeschwert und nahm dabei ein Glas aus dem Regal. Ich hatte gestern einen coolen Mocktail auf TikTok gesehen. Mineralwasser, Rohrzucker und ... Mist. Wir hatten keine Limetten mehr. „Mama, wo sind denn die Limetten?“, rief ich ins Wohnzimmer und stellte dabei die Musik aus. „Die musste ich leider wegschmeißen, die waren verschimmelt“, erwiderte sie. Die waren bestimmt noch gut. Aber Mama ging da gern auf Nummer sicher und schmiss Lebensmittel schon weg, wenn sie einen nur schief ansahen. „Eine Birne hätten wir noch“, warf Mama noch mit ein. „Ja, das ist eine gute Alternative für den Limetten Mocktail. Danke“, gab ich sarkastisch zurück, was sie zum Lachen brachte. Ich beschloss die fehlende Zutat vom Markt zu holen. Als ich wieder kam, fing ich sofort an das Getränk vorzubereiten. „Na was ist denn hier los?“, kam mein Vater interessiert in die Küche. „Ich mache einen Mocktail, willst du, oder wollt ihr beide auch einen?“, fragte ich zuerst an meinen Vater gewandt und dann in Richtung Wohnzimmer zu meiner Mutter. „Ich würde einen nehmen, du auch Anette?“, meine Mutter nickte. Ich bereitete drei Gläser vor und drapierte sie auf einem schönen Tablett. Als ich beim Vorbereiten aus dem Fenster sah, flog ein Zitronenfalter vorbei und zauberte mir sofort ein Lächeln ins Gesicht. Ich wusste nie warum, aber sobald ich einen sah, war ich sofort glücklich. „Fertig!“, rief ich ins Wohnzimmer. Meine Eltern sprangen fast simultan auf und kamen zu den Tresen in der Küche, die nun zu einer Bar umfunktioniert wurden. „Zur Titte, zum Sack, -“ „Oh Mann, Papa das ist so peinlich. Ich bin 13, sag sowas nicht“, unterbrach ich ihn. „Zack, Zack!“, stimmte meine Mutter mit ein. Ich trank mein Glas mit einem Mal leer. Mit herunter gezogenen Mundwinkel, hochgezogenen Augenbrauen und einem zustimmenden Nicken, hatte ich meine Bestätigung, dass die Getränke gelungen waren. Und genau in diesem Moment wurde mir klar, wie wichtig es ist, Dinge wirklich zu tun und nicht nur davon zu reden Dinge zu tun. Wie war das nochmal? Wenn das Leben Limonade braucht, dann kauf Zitronen? Ne, das ging anders. Zumindest sollte es jeder für sich definieren. Wenn das Leben dir Limetten schenkt, mach einen coolen Mocktail draus. Ja das passt so für mich.

"Das Glück ist schon da. Es ist in uns. Wir haben es nur vergessen und müssen uns wieder daran erinnern." - Sokrates

Ein Stück freier Himmel

„Bis zu 15.000 Sternschnuppen sind angekündigt", höre ich den Fernseher im Hintergrund. Mein Herz macht sofort drei Sprünge hintereinander. Heute soll es Sternschnuppen regnen und ich bin davon überzeugt, dass mein Serotoninspiegel nicht höher steigen könnte. Gerade heute ist mein erstes Date mit ihm. Wir hatten vereinbart, dass er mich abholt und wir uns in den Park setzen. Wir kennen uns schon länger, haben es aber noch nie miteinander versucht. Als wir dann letztens auf einer Party nur miteinander geflirtet haben, wurde mir klar, dass da mehr als Freundschaft ist. „Gott, bitte datet euch endlich. Diese Spannung zwischen euch ist ja nicht auszuhalten", hatte Maria uns verhöhnt. Wir waren es uns schuldig herauszufinden, ob da mehr war. Völlig egal, was der Abend bringen sollte, ich habe so viel Liebe für diesen Menschen. Ich möchte ihn gewinnen sehen, ob mit oder ohne mich. Ich denke, daher rührt auch mein Mangel an Aufregung. Es ist okay, egal wie es laufen wird. Mit diesem Gedanken ziehe ich mir eine bequeme Hose und einen Hoodie an und warte auf ihn. Nicht einmal zehn Minuten dauerte es, da hupte er draußen und winkte mich in sein Auto. Ich stieg ein und lächelte ihn an. Mein Körper nahm sofort seine Nervosität wahr. *Fühlen wir uns beide gezwungen?* Er sah mich mit seinen großen braunen Augen an und sorgte sofort dafür, dass sich ein Kribbeln in meinem Bauch entwickelte. Doch je länger wir fuhren und je länger wir schwiegen, desto größer wurden meine Zweifel. Ein kurzes peinliches Lächeln zur Begrüßung, seitdem Stille. Die Leichtigkeit, die unsere Freundschaft jahrelang geprägt hatte – verschwunden. Wir stellten das Auto ab und liefen in Richtung Park. „Oh Mann", brach er die Stille. „Es ist sehr bewölkt, wir werden keine Sternschnuppen sehen", sagte er enttäuscht. Ich sah in den Himmel und musste ihm zu unser beider Bedauern zustimmen. Wir setzten uns auf eine Bank und führten oberflächliche Gespräche. *Ich glaube, das war ein riesiger Fehler.* „Ich muss mit dir reden", sagte er plötzlich. Meine Hände begannen sofort zu Schwitzen und mir war klar, was er gleich sagen würde. „Diese ganze Date-Sache heute, irgendwie ging das jetzt alles sehr schnell und …". Er schwieg wieder. *Gott verdammt, sag es doch endlich. Es war ein Fehler. Sag es.* „Ja?", versuchte ich ihn aus der Reserve zu locken. Ich wurde immer nervöser, weil ich wusste, mir stand eine Enttäuschung bevor. „Sag einfach, was du mir -" „Ich liebe dich", unterbrach er mich sofort. Ich sah ihn an und mir stiegen sofort Tränen in die Augen. „Ich habe dich schon immer geliebt", sprach er weiter, wie ein Engel. "Ich wusste einfach, wenn ich das Risiko eingehen würde unsere Freundschaft auf die nächste Stufe zu stellen, würde ich alles ruinieren. Ich bin so ein Feigling, dass ich nie etwas gesagt habe. Und dann ist das alles nur durch eine peinliche Situation an dieser Party entstanden. Ich weiß, das hat dich vermutlich sehr unter Druck gesetzt. Das wollte ich nie. Ich war schon immer in dich verliebt und ich …" Ich ließ ihn nicht zu Ende sprechen und presste meine Lippen auf ihn. Der Kuss war lang und intim. Ich schloss die Augen und ließ den Stein von meinem Herzen rollen, der dort Jahre lang platziert war. „Ich liebe dich auch", erwiderte ich als wir uns in die Augen sahen. Er grinste. Und genau in diesem Moment sah ich in den Himmel. Ein einziges Stück freier Himmel war zu sehen. Und die Sternschnuppe, die für uns bestimmt war, schoss im perfekten Moment vorbei.

"Freundschaft fließt aus vielen Quellen. Am reinsten aus Respekt" - Daniel Demo

Vor der Tür

Erdkunde war eines der Fächer, das ich am meisten verabscheute. Es war egal, wie sehr ich dafür lernte, ich vergaß immer irgendein Bundesland. Noch schlimmer war, dass ich hier heute ein Referat halten musste. Ich war sehr nervös. Alle meine Freunde waren da und sahen mir zu. Ich freute mich, sie wiederzusehen, war dadurch aber noch nervöser. Mein Freund war leider nicht in derselben Klasse. Er war für mich mein sicherer Hafen und nahm mir jegliche Nervosität. Meine Freunde allerdings lachten immer laut, sodass ich mich wieder neu sammeln musste. Das machten sie öfter, wenn ich vor der Klasse reden musste. Aber wir lachten danach zusammen, ich wusste ja, wie sie es meinten. Ein komisches Gefühl blieb dennoch immer zurück. Ich packte mein Federmäppchen ein und versuchte schnell zu sein, denn die anderen hatten ihre Rucksäcke schon auf ihrem Rücken und wollten in die Pause gehen. „Wartet ihr kurz? Ich muss noch zusammenpacken", fragte ich. Es folgte Getuschel und ein freundliches: „Na klar. Wir warten vor der Tür". Ich war erleichtert und packte in Ruhe meine Stifte und meinen Block ein. Ich war mir sehr sicher, dass sie blieben, denn ich wartete für sie immer vor der Tür. Als ich fertig war, warf ich mir den Rucksack über die Schultern und verließ erwartungsvoll das Klassenzimmer. Doch anstatt meine Freunde zu erwarten, trat ich in einen leergefegten Flur. Ich sah mich kurz um. Es dauerte nicht lang, bis ich begriff, dass sie nie vor der Tür gewartet hatten. Ich spürte einen drückenden Schmerz in der linken Gegend meiner Brust. Ich schämte mich allein zu sein, weshalb ich meine Pause auf der Toilette verbrachte. Ich hatte nie thematisiert, dass es mir wehtat, wenn sie mich alleine ließen. Ich wusste, ich reagierte über. Sie meinten das nie böse. Katharina hatte mir einmal meinen Saft über mein T-Shirt verschüttet. Ich hatte dann sofort angefangen zu Weinen und versuchte zu erklären, dass das mein Lieblingsshirt war. Sie meinte, ich verstehe keinen Spaß und dass da jeder mal durch musste. Sie hatte ja irgendwo recht. Wenn wir dann zusammen für Schulaufgaben lernten, war sie der tollste Mensch der Welt. Wir tauschten unsere Notizen aus und verbrachten viel Zeit miteinander. Sie fand meine Unterlagen sogar so gut, dass sie sie komplett übernahm. Ich musste wirklich aufhören so eine Heulsuse zu sein. Ich dachte nach der Schule noch darüber nach, was ich tun konnte, um eine bessere Freundin zu sein. Hatte Katharina nicht bald Geburtstag? Ich musste ihr was ganz Tolles schenken! Ich ging online und recherchierte auf ihrem Profil, ob ich etwas über ihre Interessen fand. Ich merkte dadurch, wie wenig ich sie eigentlich kannte. Ich durchforstete ihre Seite und stieß auf einiges. Es sollte ein tolles, persönliches Geschenk werden. Doch mein Enthusiasmus endete, als ich auf diesen einen Post stieß. Ein Post, der alles änderte. Es war ein Bild von mir. Das Bild zeigte mich, in meinem in Saft getränktes Lieblingsshirt, weinend auf einem Stuhl. Die Bildunterschrift: "Und so schnell fließen die Tränen! #heulsuse", versehen mit einem Lachsmiley. In den Kommentaren belustigten sich meine restlichen Freunde über meinen emotionalen Ausbruch. Ich erstarrte. Schloss das Buch, in welchem ich alle Ideen für Katharina's Geschenk aufschrieb und schmiss es in den Müll. Ich wartete seitdem kein einziges Mal vor der Tür.

"Es hört doch jeder nur, was er versteht" - Goethe

Krieg der Worte

Sie streiten nun schon seit mehr als zwei Stunden und noch immer ist kein Ende in Sicht. Sie verliert langsam die Geduld. Sie kann das alles nicht mehr. "Hör mir doch nur einmal zu", sagte sie, wohl-wissend, dass er ihr mehr als genug zuhört. "Ach, jetzt heißt es, dass ich dir noch nie in meinem Leben zugehört habe, oder was?", sagte er, obwohl er genau wusste, dass sie es nur situativ sagte. Sie sind beide müde und erschöpft. Keiner gibt auf. Nicht wenn, es der andere nicht zuerst tut. "Dreh mir nicht die Worte im Mund herum", sagt sie. "Das machst du ständig!" Sie weiß, dass sie das Gespräch hätte deeskalieren können. Sie weiß, dass er das nicht ständig tut. Sie fordert ihn mental sehr. Er versucht sein Bestes. Sie weiß genau, dass seine größte Unsicherheit seine Körpergröße ist. Aufgrund seiner Krankheit kann er nicht mehr wachsen, aber das ist hier nicht wichtig. Hier zählt das letzte Wort, um jeden Preis. "Von jemandem, dem ich auf den Kopf spucken könnte, lasse ich mir sowas definitiv nicht gefallen", setzte sie taktisch ein, um die Oberhand des Spiels zu gewinnen. Autsch. Selten wurde er so verletzt, wie in diesem Moment. Von seiner vermeintlichen Liebe seines Lebens. Er wurde damals in der Grundschule für seine Körpergröße gehänselt und wurde mehrmals Opfer von Gewalttätigkeiten. Er konnte sich nicht wehren. Sie wusste davon. Sie kannten sich schon sehr lange. Sie hatte das nicht so gemeint und das weiß er. Sie ist wütend. Emotional so überbelastet, dass sie alles gesagt hätte. "Du lässt dir sowas nicht gefallen?", begann er mutig. "Wo sind die großen Worte, wenn jemand fragt, warum du so dünn bist?". Sie schwieg. "Nicht einmal Käse-Makkaroni willst du noch essen", holte er zum Gegenschlag aus. Sie wollte etwas erwidern, doch keine Chance. Sie stand unter Beschuss. "Vielleicht hätten wir doch Freunde bleiben sollen", beendete er seinen Angriff. Volltreffer. Damit hatte sie definitiv nicht gerechnet. Ein ohrenbetäubendes Rauschen lähmte ihre Gedanken. Da war nichts, außer Schmerz. Dort, wo sich vorher ein schlagendes Herz befand, war nun ein Trümmerfeld. Kein einziger Soldat überlebte. Wie hätte er auch wissen sollen, dass sie eine Essstörung hatte? Sie hatten schon mehrmals darüber gesprochen. Sie hatte sich ihm geöffnet. Ein fataler Fehler. Ihm gingen die

Ressourcen aus. Ihm blieb keine andere Wahl, als mit denselben Mitteln zurückzuschlagen. Sie genauso zu verletzen, wie sie ihn. Fassungslosigkeit steigt in ihr auf. Wie konnte er nur so etwas sagen? Wie konnte sie nur so etwas sagen? Es tat ihr leid, so unendlich leid. Er war die Liebe ihres Lebens. Sie wollte doch nur mit ihm in den Himmel sehen und Sternschnuppen jagen. Sag es ihm. Er wollte ihre Schwäche nie gegen sie verwenden. Er war so verletzt und fühlte sich schutzlos ausgeliefert. Ohne Argumente bewaffnet, schlug er um sich. Er weiß genau, warum sie so reagiert. Es tut ihm von Herzen leid. Er möchte sie nur noch einmal zum ersten Mal küssen. Sag es ihr. Sie sehen sich voller Hass, Trauer und Liebe tief in die Augen. Sie macht einen Schritt nach vorne. Wie eine Lawine war das Ende unaufhaltbar. Sie atmet tief ein und sagt: "Ich will dich nie wieder sehen". Er erstarrt. Er möchte sie nicht gehen lassen und sagt: "Komm nie wieder".

"Die Kunst ist es, einmal mehr aufzustehen, als man umgeworfen wird" - Winston Churchill

Nur ein Anruf

Eine neue Nachricht. Ich springe auf und sehe erwartungsvoll auf mein Handy. Sofort füllen sich meine Augen mit verzweifelten Tränen. Ich werfe es zurück auf die Matratze und hoffe im selben Moment, es federt unglücklich ab und zerspringt in Stücke. Wie es mein Herz vor wenigen Tagen tat. Zu meinem Bedauern landete es in dem Schutz meines Kissens, ohne jeglichen Schaden davon zu tragen. Wie ironisch, dass dieses Kissen ausreicht, um einen Gegenstand beim Fall retten zu können, es mich aber nicht vor dem metaphorischen Fall schützen kann, in welchem ich mich befinde. Und ich falle schon sehr lange. Mich durchzuckt mit einem Mal eine Welle von Trauer und Dunkelheit. Ich heiße sie wie einen alten Freund Willkommen und lege meinen Kopf in meinen Schoß. Die Versuche, gegen dieses Gefühl anzukämpfen, scheiterten die letzten Wochen kläglich. Und so umschloss mich von Tag zu Tag ein immer schwärzer werdender Schleier. Er wurde undurchsichtiger, je mehr ich mich dem Gefühl hingab. Wie Treibsand, bei dem ich aufgehört habe mich zu wehren, sondern mein Schicksal akzeptiert habe. Erschöpft vom Alltag lasse ich los. Die Tränen fließen mit Leidenschaft meine Wangen herunter. *„Er war nicht der Richtige“ „Zeit heilt alle Wunden“*, sagen sie alle. Ich höre euch. Ich höre euch klar und deutlich und doch verstehe ich kein Wort. Glaube kein Wort. Ich wünsche mir nichts sehnlicher als jemanden, der mir recht gibt. Jemand, der mich in meiner Verbitterung bestätigt. Jemand, der es mir schonungslos ins Gesicht sagt und auch so meint: „Du bist am Ende. Es wird nicht besser“. Das ist das Einzige, was ich hören möchte. Das Einzige, was ich glauben werde. Es sind nun schon 3 Monate vergangen, seit wir uns getrennt haben und ich bin davon überzeugt, dass jeglicher physischer Schmerz angenehmer wäre als dieser Schmerz. Der Schmerz, sich in einer Person so getäuscht zu haben. Der Schmerz, das Richtige zu tun und getrennte Wege zu gehen. Der Schmerz, zugeben zu müssen, dass meine Person nie meine Person gewesen ist. Durch die Trennung spürte ich meine Liebe zu ihm noch intensiver. Je mehr Zeit verging, desto schlimmer wurde es. Lügner, ihr seid alles Lügner. Es ist eine Illusion. Irgendwann wird es besser, ja. Aber nicht jetzt. Und das „Jetzt“ tut weh. So weh, dass ich jede Sekunde daran denke ihn anzurufen. Vielleicht geht es ihm genauso? Was ist, wenn wir das alles gebraucht haben? Was ist, wenn er gerade genauso stark sein muss und wir nach diesem Abstand eine richtige Beziehung führen können? Mit diesen Fragen in meinem Kopf setze ich mich aufrecht hin, wische meine Tränen weg und gehe instinktiv auf seinen Kontakt. Ich muss seine Stimme hören und wissen, ob es ihm genauso geht. Nur ein Anruf. Er hatte sich die letzten Wochen keinmal bei mir gemeldet und ich mich nicht bei ihm. Wir sind uns auf jeglichen Plattformen entflogt, weil wir uns einig waren, wir sind beide müde. Müde davon ständig zu Streiten. Müde davon die Beziehung an einem Faden aufrechterhalten zu müssen. Ich denke an die vielen Situationen, in denen er mich bewusst verletzt hat. In denen ich weinend im Bett lag und nur eine Umarmung gebraucht hätte, um wieder lächeln zu können. Dieses Gefühl in einer Beziehung zu sein und sich täglich einsam und zurückgelassen zu fühlen ... Plötzlich ist alles still. Alle Gedanken, alle Gefühle. Jegliche Sorge. Für einen Moment verschwunden. Ich schmunzle traurig, sehe auf mein Handy und lösche den Kontakt.

"Von Allen Lügnern auf der Welt
sind die schlimmsten manchmal
unsere eigenen Ängste" -
Rudyard Kipling

Nett dich kennenzulernen

Ich nehme den letzten Bissen meiner Pizza und lehne mich ausgelassen zurück. Obwohl ich von allen den geringsten Gesprächsbedarf hatte, brauchte ich dennoch länger aufzuessen. Es machte mich sehr glücklich, dass wir es endlich mal wieder geschafft hatten uns alle gemeinsam zu treffen. Seitdem jeder unterschiedliche Wege eingeschlagen hat, schien es gar unmöglich einen Termin zu finden, an dem jeder Zeit hatte. Ich verstand erst spät, welche Menschen ich in meinem Leben haben möchte und welche ich gehen lassen sollte. Und so hat sich in den letzten drei Jahren ein Freundeskreis aus vier Personen gebildet, die ich im Leben gewinnen sehen möchten und andersrum. Während sich die anderen angeregt unterhielten, sah ich zufrieden in die Runde und schmunzelte. Maria bemerkt plötzlich, dass ich fertig bin, und lehnte sich in meine Richtung. „Rufst du die Kellnerin, dass wir zahlen wollen? Danke dir“, sagt sie und widmete sich wieder ihrem Gespräch. Eine kleine Bitte, mit großer Wirkung, welche ich unterschätzt hatte. In meinen Handflächen und auf meiner Stirn bildete sich unmittelbar ein klebriger Schweißfilm. Mein Herz raste so schnell, dass ich mir sicher war, man könne es durch mein T-Shirt schlagen sehen. Alles in mir sträubte sich die Kellnerin zu rufen. Was war das für ein Gefühl? Es kam mir so neu und doch vertraut vor. Ich spürte … Panik. Woher kommt dieses Gefühl? Es ist … wie ein Flüstern. Ich verkrampfte meine Hände zu Fäusten und versuchte mir nichts anmerken zu lassen. Es vergingen vielleicht wenige Minuten, doch es fühlte sich an wie eine Ewigkeit. „Würdest du fragen, ob wir zahlen können?", fragte ich in meinem Delirium und sah dabei zu Maria. Sie hörte abrupt auf zu Reden und erkannte sofort den Ernst in meiner Stimme. „Ja klar, alles okay?", fragte sie und ließ somit mein emotionales Kartenhaus zusammenkrachen. Nein, nichts ist okay. Es ist so heiß hier. Warum ist es so heiß hier? *Du musst hier raus.* Wer sagt das? *Verschwinde aus diesem Raum.* Wer bist du? Wie ferngesteuert stehe ich auf und versuche mich zu orientieren. Was ist das für eine Stimme? Nein, keine Stimme. Ein Gefühl. Aber könnte es sprechen, würde es genau diese Dinge sagen. *Du bist in Gefahr. Du stirbst.* Mit diesen fühlenden Gedanken lief ich im Schnellschritt zum Ausgang, ohne mich vom Tisch zu verabschieden. Alles um mich herum verschwamm. Menschen kamen mir entgegen - Glaube ich. Ich nahm sie nur als unförmige Lichtpunkte wahr. Ich atmete mittlerweile in kurzen Stößen und war mir sicher, dass mein Oberteil durchgeschwitzt war. Ich stürmte durch die Tür und schnappte nach Luft. Was ist das nur? *Du musstest da raus. Ich kann dir nicht sagen warum, ich möchte dich nur beschützen.* Wer ist das? Warum fühle ich mich so? Und warum glaube ich jedes Wort? Mir ist nicht aufgefallen, dass Maria mir durch das ganze Restaurant nach draußen gefolgt ist. Denn nun stand sie vor mir und versuchte mich schon seit einer Weile anzusprechen. "Hm?", fragte ich geistesgegenwärtig. "Warum hast du mir nie gesagt, dass du an Panikattacken leidest?", fragte sie. Was soll das sein? Ich werde plötzlich ganz still und höre in mich rein. Alles um mich herum verblasst. Ich höre in die Stimme, die mich heimsucht. Bist du das? Leide ich unter dir? *Ja, das bin ich. Wir werden viel Zeit gemeinsam verbringen. Nett dich kennenzulernen.*

"Alles was nötig ist, ist ein schönes falsches Lächeln, um eine verwundete Seele zu verstecken und sie werden nie merken, wie gebrochen du wirklich bist" - Robin Williams

Dämonen

Wir wachen auf und die Welt ist in Ordnung. Neun Stunden Schlaf sind mehr als genug, um Energie für den gesamten Tag zu haben. *Ich will nicht aufstehen.* Doch willst du, das weiß ich. *Ich kann nicht.* Wir schaffen das. Wir müssen auf jeden Fall etwas essen, damit wir funktionieren. *Nein.* Gestern fiel das Abendessen schon aus. *Ich habe noch keinen Hunger.* Dann eben später, aber wir müssen. Wir sind es unserem Körper schuldig. Es reicht, wenn wir etwas Kleines essen, kurz bevor wir das Haus verlassen. *Ich will nicht.* Du musst. Haben wir etwas zum Anziehen? Ich glaube, ich trage heute das Kleid, das ich mir letztens gekauft habe. Es wird heute sehr warm, da passt das. Und ich finde, es sieht richtig schön aus. *Wir sehen darin dick aus.* Finde ich nicht, sonst hätte ich es mir ja nicht gekauft. *Zieh es an, dann siehst du es. Es sieht schrecklich aus. Sieh genauer hin. Scanne jedes Detail. Du wirst es sehen. Du darfst nicht dick aussehen. Das ist nicht die Norm.* Eigentlich fand ich es ganz schön, aber jetzt wo du es sagst. Nein, ich bin okay, wie ich bin. Die Schlankeste bin ich nicht, das stimmt. Aber das ist doch okay. Nicht jeder sieht gleich aus und mein Körper ist einfach anders. *Dein Körper ist nicht anders, sondern hässlich. Siehst du das nicht? Sieh dich länger an. Je länger du dich ansiehst, desto schlimmer wird es. Vertrau mir, zieh es nicht an.* Jetzt wo du es sagst ... Du hast recht, ich sollte es nicht anziehen. Ich würde mich nur blamieren. Die Mädels auf Instagram sehen so schlank und schön aus, vielleicht sollte ich mich mehr um mein Aussehen kümmern. *Selbst wenn, du wirst nie so aussehen wie sie. Vergiss es. Keiner wird dich wählen, wenn sie neben dir stehen würden.* Das ist nicht wahr! Ich bin ein wertvoller Mensch. *Bist du nicht.* Wirklich? *Ja, das ist die Realität.* Ich glaube, du hast recht. Trotzdem sollte ich mal Zähne putzen gehen, mich duschen, mein Zimmer aufräumen. Überall liegen Klamotten herum und mein Körper fühlt sich schmutzig an. *Wozu?* Was meinst du? *Wozu das Ganze?* Ich ... Ich weiß es nicht. *Genau. Warum das alles, wenn du nicht einmal weißt, wozu? Bleib einfach liegen. Es ergibt alles keinen Sinn. Du wirst nicht beachtet, du wirst nicht geliebt und das zurecht.* Ich habe Freunde und Familie. Ich glaube schon, dass sie mich lieben. *Das ist nur Schauspiel, siehst du das nicht? Tu ihnen den Ge-*

fallen und bleib im Bett. So bringst du sie erst gar nicht in diese Lage. Ich glaube, ich sollte es trotzdem versuchen. *Du machst einen großen Fehler. Vertraue mir. Es ist sicherer im Bett zu bleiben und du bist niemandem eine Last. Das ist das einzig Richtige.* Nein, ich will es versuchen. Ich stehe auf, ich schaffe das. Ich weiß, ich tue mir etwas schwerer als alle Anderen. Und bei jedem sieht es so einfach aus. Aber nur weil es schwer ist, heißt es nicht, dass es unmöglich ist. Ich kann das. Wir können das. Ich nehme all meinen Mut zusammen und stehe mit aller Kraft auf. *Du wirst das bereuen. Wir sehen uns heute Abend wieder. Oder später. Du wirst es nie vorher wissen.* Ich höre nicht hin und gehe die Treppen mit schweren Schritten runter. "Guten Morgen", sage ich mit einem aufgesetzten Lächeln. Meine Eltern sitzen am Tisch und essen zu Mittag. Ich sehe zu meiner Mutter, welche meinen Blick erwidert. Ich lese keinerlei Emotionen daraus. "Na sieh mal einer an, wer uns mit seiner Anwesenheit beglückt", sagt mein Vater. "Wie lange wolltest du noch faul herumliegen?", fragt meine Mutter und zerstört die kleine Mauer, die ich mir gerade aufgebaut hatte. Du hattest recht. Ich hätte liegen bleiben sollen.

"Alles was mich meine mentale Gesundheit kostet - Ist zu teuer"
- Unbekannt

9-5 Job

"Klar, ich komme gerne mit", antworte ich, ohne zu überlegen und starre augenblicklich in ein desillusioniertes Gesicht. Meine Worte wirken wie ein effektiver Stromschlag und lässt meine beste Freundin erstarren. "Ich ... Ich freu' mich so. Also ich mein ... Das ist so schön!", stottert Maria und umarmt mich fest. Ich liebe es, dass sie sofort versteht, wie viel Kraft es mich kostet, nicht abzusagen. Völlig egal wie absurd es für Außenstehende klingt, wenn man behauptet, man wolle sich lieber in seinem Bett verkriechen, statt auf eine Party zu gehen. Gerade wenn man in seinen Zwanzigern ist, ist man Druck von allen Seiten ausgesetzt. Man hat das Gefühl Dinge tun zu müssen, weil man sie nun mal in diesem Alter macht. In meinem Fall tue ich genau die Dinge, die mir Angst machen. Und dazu gehört mich nicht am Samstagabend in den Schlaf zu weinen und selbst zu bemitleiden. In meinen vier Jahren Therapie habe ich viel lernen können, aber vor allem in den sauren Apfel beißen müssen. Viele Stunden saß ich da und nutzte meine Therapeutin als Ventil, um über Geister der Vergangenheit herzuziehen. Teilweise führten wir Diskussionen, wenn ich versuchte anderen die Schuld dafür zu geben, dass mein Leben keinen Sinn hat. Ich hatte sehr lange den Blick für das Wesentliche verloren und mich in meiner Opferrolle wohlgefühlt. Als Maria mir das einmal gesagt hatte, sprachen wir zwei Wochen lang nicht. Sie war knallhart ehrlich und ich bin ihr unendlich dankbar. Es gab definitiv Menschen auf der Welt, bei denen einiges mehr notwendig wäre, um ihr Leben in den Griff zu kriegen. Krankheiten, die nicht heilbar sind. Umstände, die Jahre benötigen, um verarbeitet werden zu können. Jedoch nicht in meinem Fall. Und das zu erkennen, tat weh. Sehr weh. Nach so vielen Jahren Aufarbeiten und emotionalen Therapiestunden ist mir einiges klar geworden. Und dazu gehört es, mir selbst einzugestehen, dass ich nur noch Ausreden suchte, um mich in meiner Verbitterung bestätigen zu können. Letztendlich stand ich mir nach all dem Mobbing und dem Herzschmerz nur noch selbst im Weg. Ich versuchte nicht einmal den Sinn im Leben zu finden. Es war einfacher in meinem selbst bemitleidenden Muster zu bleiben, als herauszubrechen. Zugegeben, ich lernte mein Leben lang nichts anderes, als dass ich nichts wert war. Warum sollte ich das der Welt nicht auch beweisen? Alles Gedankengänge, die meinen Alltag prägten und nun der Vergangenheit angehören. Heute finde ich genau in den Dingen eine Herausforderung, die mir Angst machen. Noch bevor sich mein Gedankenstrom melden kann, sage ich zu Abenteuern zu. Abenteuer, die ich früher gemieden hätte und mich in den Schlaf geweint hätte, weil ich es bereute nicht dort zu sein. Während ich an Dinge dachte, die mich inspirierten, zählte ich drei Wege auf, wie ich sie selbst schaffen könnte und wie der Weg dorthin aussah. Es ist unfair die Suppe auslöffeln zu müssen, die man sich selbst nicht eingebrockt hat. Definitiv. Es bleibt unfair. Es kann allerdings unfair und trotzdem meine Verantwortung sein was ich daraus mache. Ich bin froh, dass ich das lernen durfte und über die Jahre all den Frust und all die Wut dort lassen konnte, wo sie hingehört. In der Vergangenheit. Ich bin noch lange nicht fertig, die beste Version von mir zu werden. Es ist tägliche harte Arbeit. Fast wie ein 9-5 Job.

"Wahre Liebe ist es, wenn du jemanden spürst, ohne ihn zu berühren" - Vanessa Gerbeth

Das wahre Funkeln

Bauch an Bauch. Schenkel an Schenkel. Gott fühlt sich das echt an. Es ist doch echt, oder? Er küsst mich leidenschaftlich und packt mich am Schopf. Etwas schroffer, als es mir gefiele, doch ich sage nichts. Es ist okay so. Er liebt mich, das weiß ich. Glaube ich. Er küsst mich immer härter. Wandert meinen Hals entlang zu meiner Brust, über meinen Bauch und macht dort Halt. Er will mich. Mein Herz ist sicher. Er reißt mir die Hose vom Leib und ich liebe es. Glaube ich. Ich liebe es, dass er es liebt. Ich führe sein Gesicht wieder zu meinem Mund. Ich möchte seine Liebe spüren. Seine Liebe zu mir als Person. Er küsst mich flüchtig und ist schon wieder weg. Ich seufze. Vor Enttäuschung? Nein, vor Leidenschaft. Ich genieße das hier. Ich möchte das alles. Er hat nur Augen für mich. Wir entreißen uns unserer Klamotten und verlieren uns in Ekstase. Doch etwas fehlt. Was fehlt? Ich sehe es nicht, ich habe alles, was ich brauche. Er liebt mich. Er liebt mich so sehr, dass er sich meinen Körper aussucht. Meinen wundervollen, kostbaren Körper. Ich will ihn auch, so sehr. Ich liebe ihn, glaube ich. Sein Körper ist angenehm. Er lässt mich Dinge fühlen, die ich lange nicht mehr gefühlt habe. Das ist doch Liebe, oder? Sein Herz? Nein, sein Herz spüre ich nicht. Ich weiß nicht, in welcher Tonlage es schlägt. Ich spüre nur seinen nackten Körper an mir. Nein, ich weiß nicht wie seine Eltern sind. Nein, ich weiß nicht, was das Peinlichste ist, das ihm in der Grundschule passiert ist. Nein, ich kenne keine seiner Ängste. Es ist trotzdem Liebe, oder? Nein, ich war nicht seine erste Wahl. Auch nicht seine Zweite. Seine Dritte? Nein. Die Wievielte? Ich weiß es nicht. Aber an einem bestimmten Punkt des Tages, war ich seine Wahl. Das bedeutet mir alles. Es ist mir genug. Bestimmt genug. Es muss genug sein. Er hat mich gewählt. Irgendwann wählte er mich. Hat das denn gar keine Bedeutung? Ich bin mehr als mein Körper, oder? „Du fühlst dich so geil an", flüstert er. Eine Träne läuft meine Wange herunter. Ich erstarre und verstehe. Liebe mich, bitte. Hörst du mich? Ich bin mehr als mein Körper, siehst du das nicht? Meine Lieblingsblumen sind Magnolien. Meine Lieblingsfarbe ist violett und ich liebe Sonnenuntergänge. Ich stottere, wenn ich nervös bin und habe einen kleinen Hund, den ich über alles liebe. Ich habe Angst vor der Zukunft, gebe aber immer mein Bestes. Ich liebe es, wenn Menschen etwas lauter werden, wenn sie sich freuen. Ihr Enthusiasmus ist ansteckend. Hörst du mich? Liebe mich. Liebe ist mehr als das. Ich spüre deinen Körper, aber deine Seele ist weit weg. Wer bist du? Ich kenne dich nicht. Deine Liebe ist vergiftet. Sie war verpackt in einer funkelnden Süßigkeitenverpackung und ich bin darauf hereingefallen. Nein, du bist nicht schuld. So sehr ich möchte, ich kann dir keine Schuld geben. Du hast es mir gesagt. Du sagtest mir, was der Inhalt der Verpackung war und ich hörte nicht zu. Ich war geblendet vom Funkeln der Verpackung. Gott, habe ich dieses Funkeln vermisst. Nein, das warst nicht du. Das habe ich mir selbst angetan. Ich ziehe mich an und verlasse den Raum. Verlasse seinen Einflussradius. Entferne ihn aus meinen Gedanken. Und mache mich auf die Suche nach dem wahren Funkeln. Es ist da draußen, ich weiß es.

"Es ist nicht leicht Glück in sich selbst zu finden. Aber unmöglich, es anderswo zu finden" - Agnes Repplier

Meine kleine Flamme

„Endlich", rufe ich in mein leeres Appartement und lehne mich erschöpft zurück. Und damit wäre auch die letzte Mail beantwortet, die ich über die Woche prokrastiniert und erfolgreich ins Wochenende geschoben habe. Ich sehe auf die Uhr. Es ist mittlerweile 17:00 Uhr und ich trage immer noch meinen Pyjama. Ich sehe an mir runter und schmunzle. Samstagnachmittag und für heute ist nichts geplant, außer Zeit mit mir selbst zu verbringen. Mich erfüllt ein warmes, angenehmes Gefühl und ich nehme es mit Freuden auf. Ich denke daran, dass ich genau zu dieser Zeit schon zu einem Date verabredet war, bei dem ich mir nicht einmal sicher war, wie die Person hieß und ob ich mich bei meinem Date von gestern noch melden sollte oder nicht. Ich denke an den schnellen Boxenstopp an der Tankstelle, um noch Kondome zu holen. Mir läuft ein kalter Schauer den Rücken herunter und ich schüttle mich. Irgendwann zwischen dem damals und jetzt kam der Umschwung. Ich ließ das wahllose Daten hinter mir und musste mir eingestehen, dass ich nicht allein sein konnte. Ich konnte weder mit meinen Gedanken, noch mit der Person, die ich war allein sein. Ich existierte nur für die Umstände, in die ich mich regelmäßig begab. Jeder Moment bestand aus Arbeiten, Partys und bedeutungsloser Sex. Dinge, die viel zu essenziell wurden in den letzten Monaten. Dinge, die mich davor bewahrten, mir selbst ausgeliefert zu sein. Die Tage, an denen ich unbeschäftigt war, zerrten am stärksten an meinen Nerven. Die Tage, an denen keine Feier stattfand. Keine Freunde Zeit hatten. Kein Date geplant war. Kein Drama existierte. In diesen Momenten fühlte ich mich besonders leer. Die Stille war besonders laut und ich stande mir selbst gegenüber. Wer war ich, ohne das alles? Meine Therapeutin sagte immer „Allein sein zu müssen, ist das Schlimmste. Allein sein zu können, ist allerdings das schönste". Heute verstehe ich, was sie meinte. Denn der Sinn des Lebens und die eigene Identität sollte nicht an Bedingungen geknüpft sein. Ich habe verstanden, dass mich meine Makel, meine Interessen, meine Beweggründe und noch vieles mehr perfekt machen. Glück ist eine kleine Flamme, die permanent flackert. Eine kleine Flamme, die man selbst erzeugt. Die das Leben dauerhaft wärmt, ohne auf Dinge angewiesen zu sein. Partys, Beziehungen,

Freundschaften lassen die Flamme größer oder kleiner werden. Sie bereichern das Leben. Verletzen uns. Zwingen uns dazu aus Dingen zu lernen. Doch sie sind nicht der Mittelpunkt eines jenen selbst. Denn wenn man diese kleine Flamme erschaffen habt, bleibt sie. Und das für immer. Und so tanze ich samstagabends, in einem Pyjama und mit einem Kamillentee durch meine Wohnung, ohne das Bedürfnis jemanden hier haben zu müssen. Nur meine kleine Flamme und ich.

"Das mögliche Scheitern ist ein geringer Preis, für verpasste Chancen" - Unbekannt

Jemandes Alles

„Ein routinemäßiger Tag, der normaler nicht hätte sein können – dachte ich zumindest. Ich war relativ früh wach für einen Samstag und nutzte das sofort, um ins Fitnessstudio zu gehen. Ich quälte mich durch das typische, ohrenbetäubende Stöhnen und sinnfreie Schmettern von Gewichten und vermied um jeden Preis den Blick in den Spiegel. Vielleicht schaffte es meine Körperdysmorphie, dass ich das Date für diesen Abend absagte. Ich hatte vor einer Weile jemanden kennengelernt, der nun jeden Tag für ein Lächeln in meinem Gesicht sorgte, sobald ich auf mein Handy sah. Ich hatte meinen Freunden bewusst noch nicht von ihm erzählt, weil ich in den letzten Monaten ein Muster erkannt habe. Sobald die Person merkte, dass ich eine emotionale Bindung anstrebte, verschwand sie. Und das erwischte mich jedes Mal eiskalt. Ich hatte doch aus allem gelernt. Ich verstand, dass ich die große Liebe suchte und nichts Oberflächliches. Warum war es dennoch so schwer? Lag es doch an mir? Es machte mich nervös, bei dem Gedanken, mir könne man meine Frustration ansehen. Man könne erfühlen, dass diese immer wieder scheiternden Treffen in meinem Leben ein klein bisschen mehr mein Herz brachen. Ein Herz, das mittlerweile so fragil war, dass ich mir nicht mehr sicher war, wie viel es noch aushalten konnte. War ich es wert geliebt zu werden? Was musste ich dafür tun, damit ich jemandes *Alles* sein kann? Fragen, die ich nicht zulassen wollte. Fragen, auf die ich keine Antwort hatte. Ich verabredete mich also wieder und wieder, um die Wahrscheinlichkeit zu erhöhen, die eine Person zu treffen. Die eine Person, für die ich *Alles* sein kann. Je näher der Abend rückte, desto präsenter wurde das Bedürfnis abzusagen. Wie wahrscheinlich war es, liebenswert zu sein, wenn einem immer bewiesen wird, man ist es nicht? Ich saß also auf meinem Bett, schon fertig für das Date und wartete den Tag ab. Ich fing immer wieder an einen Text zu schreiben, der mit „Tut mir leid, aber …“ anfing und endete mit „… Aber das ist nichts Persönliches“. Ich wusste nicht sicher, dass ich fallen gelassen werde. Das weiß man ja nie. Doch dass diese kleine Möglichkeit besteht, dass es wieder passieren könnte, lähmte mich. Wie viel konnte ich noch ertragen? Ich hielt mein Herz in meinen Händen und war es ihm schuldig, es zu beschützen. Ich sage ab. Noch bevor ich die Nummer zu Ende wählen konnte, hatte ich schon eine Nachricht von ihm: „Ich stehe da, kommst du raus?“. Ich starrte auf das Display. Er steht vor der Tür. Es ist zu spät. Ich akzeptierte also meine Situation, zog mir eine Jacke an und ging nach draußen. Bis heute bin ich dem Zufall dankbar, dass es so gekommen ist. Jedes misslungene Date. Jeder Fall. Jede Lektion in meinem Leben. Jeder Riss in meinem Herzen führte mich zu meinem Seelenverwandten und schließlich zu der Person, die ich immer sein wollte“. Ich grinste und sah in zwei gefesselte Augenpaare. „Schlaft gut, ihr Süßen“, ich gab beiden einen Kuss auf die Stirn und ging zurück ins Schlafzimmer. Ich legte mich zu ihm ins Bett und kuschelte mich an ihn. „Das war aber eine ganz schön lange Gute-Nacht-Geschichte“, sagte er schläfrig. Ich vergrub wortlos mein Gesicht in seinem Nacken. „Ich liebe dich“, flüsterte ich. „Ich liebe dich auch, mein Alles“, erwiderte er und lies mein Herz explodieren. Ich bin endlich Zuhause.

VANESSA GERBETH

Vanessa Gerbeth, Jahrgang 99, geboren und aufgewachsen in Bayern, hat ihr Studium zur Wirtschaftspsychologie im Jahr 2023 abgeschlossen und befindet sich nun im Master zur Psychologie. Die Influencerin, die auch bekannt ist unter dem Pseudonym "Vaneschko", befand sich selbst in einer dreijährigen, tiefenpsychologischen Therapie und wandelt heute ihr Wissen in humoristische Aufklärung um. Sie verbreitet Ratschläge zur Suche nach sich selbst, Selbstreflexion und hilft einen anderen Blickwinkel auf das Leben zu geben. Ihre Zuschauerschaft von über 1.000.000 Menschen auf Tiktok und über 130.000 auf Instagram ist bereits begeistert von ihren Kurzgeschichten. Nun wandelt Vanessa ihr Schreibtalent in Literatur um und erweitert ihren kreativen Horizont